Marianne

# Sonnenschein

für die Seele

*Heute* ist ein besonderer Tag,
einmalig und nicht wiederholbar!
Gut verpackt steht er vor dir
als ein Geschenk des Himmels
und wartet,
dass du ihn *freundlich*
in *Empfang* nimmst.

Cornelia Haverkamp

*Lebensfreude*
ist die beste Kosmetik.

Tu deinem *Leib* etwas Gutes,
damit deine *Seele*
Lust hat,
darin zu wohnen.

Teresa von Ávila

*Die beste Methode,*

das Leben angenehm zu verbringen,
ist guten Kaffee zu trinken.
Und wenn man keinen haben kann,
so soll man versuchen,
so heiter und gelassen zu sein,
als hätte man guten Kaffee getrunken.

Jonathan Swift

Manchmal ist es mein

*knallbunter Pullover*,

der mich fröhlich stimmt.

Wenn es regnet und alles grau in grau erscheint,

unangenehme Aufgaben oder Ereignisse bevorstehen,

dann greife ich zu leuchtenden Farben.

„Ah, das Gute-Laune-Programm!“,

lächelt ein Kollege.

Stimmt!

*Soll mir die Freude am Leben gedeihn,*

*so bad ich im stillen Quartiere.*
*Den Leib in Wasser, die Kehle im Wein,*
*die Seele in guter Lektüre.*

Rudolf Presber

## Jedes Zimmer deines Hauses

möge ein Raum der Gastfreundschaft sein.
Auf der Schwelle warte die Behaglichkeit
wie eine schnurrende Katze,
der Flur atme ein freundliches Willkommen,
über dem Feuer siede das Teewasser für den,
der erscheint,
um seine Freude oder
seinen Schmerz mit dir zu teilen.

Irischer Segenswunsch

*Bei einem Glas Wein*

mit guten Freunden
über Gott und die Welt reden –
das ist höchstes Glück.

Quelle unbekannt

*Ich weiß,*

dass ich jemanden in meiner Nähe habe,
dem ich rückhaltlos vertrauen kann,
und das ist etwas,
was Ruhe und Kraft gibt.

Edith Stein

*Von allen Sorgen,*
*die ich mir machte,*
*sind die meisten nicht eingetroffen.*
*Aber jedes Lachen,*
*das meine Freunde brachten,*
*hat mein Leben*
*eine Woche jünger gemacht.*

Sinnspruch aus einem schottischen Bauernhaus

Macht doch nichts,

wenn was danebengeht,
wenn's nicht auf Anhieb klappt,
wenn die anderen lachen.
Ich habe es wenigstens versucht!

*Nach den Gesetzen der Aerodynamik*
kann die Hummel gar nicht fliegen,
aber die Hummel weiß das nicht
und fliegt einfach trotzdem.

Mary Kate Ash

# Die Sonne

scheint jeden Tag neu!

Heraklit

*Die Freude und das Lächeln*

*sind der Sommer des Lebens.*

Jean Paul

Wenn man auch
allen Sonnenschein wegstreicht,
so gibt es doch noch den Mond
und die hübschen Sterne
und die Lampe am Winterabend.

*Es ist so viel schönes Licht
in der Welt.*

Wilhelm Raabe

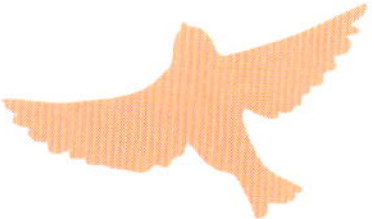

Die höchste Form des Glücks
ist ein Leben
mit einem gewissen Grad an
**Verrücktheit.**

Erasmus von Rotterdam

# Das Leben feiern

Mit einem ausgiebigen Frühstück im Bett
Mit einem fröhlichen Guten Morgen
zum Spiegelbild
Mit nackten Füßen im Schnee
Mit unsäglicher Freude im Bauch
Mit verrückten Ideen im Kopf
Mit einem vergnügten Lächeln
in Herz und Gesicht

*Wer am Tag träumt,*
wird sich vieler Dinge bewusst,
die dem entgehen,
der nur nachts träumt.

Edgar Allan Poe

*Sei gut zu dir*, du bist es wert.
Freu dich an dir, so wie du bist.
Liebe dich selbst und genieße das Leben,
das dir geschenkt ist.
Verlass dich auf deine Wurzeln
und breite deine Flügel aus.
Beide sind dir geschenkt von dem,
der das Leben ist.

Mein liebster
Zeitvertreib ist,

die Zeit vergehen zu lassen,
Zeit zu haben,
sich Zeit lassen,
Zeit verlieren …

Françoise Sagan

Die Seele braucht *Freiheit*,
um atmen zu können.
*Die Freiheit*,
gegen den Strom zu schwimmen.
*Die Freiheit* aufzustehen,
wenn alle anderen sitzen bleiben.
*Die Freiheit*,
die Wahrheit zu sagen, wo Lügen bequemer wären.
*Die Freiheit* zur Freude,
obwohl so viel Schlimmes geschieht.
*Die Freiheit*,
Enttäuschungen loszulassen, statt zu verbittern.
*Die Freiheit*,
zu vergeben und die Hand zur Versöhnung zu reichen.
*Diese Freiheit* ist mir geschenkt.
Und ich nehme sie mir.

*Tu erst das Notwendige,
dann das Mögliche,
und plötzlich schaffst du*
**das Unmögliche!**

Franz von Assisi

Kleine Wassertropfen,
kleine Sandkörnchen
bilden den mächtigen Ozean
und das schöne Land.
Die kleinen Momente,
so bescheiden sie auch erscheinen,
formen die mächtigen Zeitalter der Ewigkeit.
Kleine freundliche Taten,
kleine Worte der Liebe
machen aus unserer Erde ein Paradies,
dem Himmel gleich.

Julia A. Fletcher Carney

*Ich bin zu der Erkenntnis gekommen:*

*Das Beste, was ein Mensch tun kann, ist:*
*sich zu freuen und sein Leben zu genießen,*
*solange er es hat.*

Die Bibel (Prediger 5,17)

## Impressum

Texte ohne Autorenangabe: Irmtraut Fröse-Schreer

Trotz intensiver Recherche konnten nicht alle Rechteinhaber ausfindig gemacht werden.

Der Verlag dankt für Hinweise.


Gottlieb-Daimler-Str. 22, D-35398 Gießen
www.brunnen-verlag.de
Redaktion: Irmtraut Fröse-Schreer
Design: Sabine Schweda, zweisign
Umschlagfoto: picture press
Fotos innen: Shutterstock, Fotolia
Druck: Leo Papers
ISBN 978-7655-3023-4